Lorenzaccio

FichesdeLecture.com

Lorenzaccio
(Fiche de lecture)

I. INTRODUCTION

Ce drame romantique de Musset paraît en août 1834 et s'inspire d'un ouvrage de George Sand, *Une conspiration en 1537*, ainsi que des évènements relatés dans la *Storia fiorentina* de Varchi. La pièce, malgré son immense succès aujourd'hui, a attiré les foudres de la censure, comme en témoigne ce rapport : « *Nous ne croyons pas que cette œuvre, arrangée telle qu'elle est, rentre dans les conditions du théâtre. Les débauches et les cruautés du jeune duc de Florence, Alexandre de Médicis, la discussion du droit d'assassiner un souverain dont les crimes et les iniquités crient vengeance, le meurtre même du prince par un de ses parents, type de dégradation et d'abrutissement, nous paraissent un spectacle dangereux à présenter au public. En conséquence, nous ne croyons pas qu'il y ait lieu d'autoriser la pièce de* Lorenzaccio ».

II. RÉSUMÉ DE LA PIÈCE

Acte I

La pièce s'ouvre sur le carnaval de la ville de Florence, en Italie. C'est la nuit, et dans un jardin éclairé par la lune, le duc Alexandre de Médicis attend avec Lorenzo de Médicis (surnommé Lorenzaccio) une jeune femme. Lorenzo a payé sa mère pour l'amener au Duc (**scène 1**). La **scène 2** a lieu tôt le matin dans une rue de la ville. Nous sommes toujours pendant le carnaval, ce qui explique la sortie de commerçants et de notables masqués hors d'une maison. Les commentaires fusent sur la situation politique de la ville. L'orfèvre Mondella critique la décadence et Alexandre de Médicis, une femme rêve du bal organisé par Nicolo Nasi pour le mariage de sa fille. Au même moment paraît le duc vêtu d'un costume de religieuse et accompagné de son fidèle Salviati. Ce dernier est éconduit par la belle Louise

Strozzi. La **scène 3** nous emmène chez le marquis Cibo qui, prêt à quitter Florence, fait ses adieux à sa femme. Une fois qu'il est parti, le cardinal Cibo et la marquise discutent du mariage de la fille Nasi. Le Cardinal critique le déguisement religieux du Duc, tandis que la marquise avoue être républicaine, malgré les lettres d'amour qu'elle reçoit du duc Alexandre. Puis, dans le palais du duc, ce dernier reçoit le cardinal Valori qui revient de Rome, où le Pape est en colère contre Lorenzo et les désordres qu'il provoque dans la ville. Le chancelier rejoint cette position, mais le Duc prend la défense de son cousin. À ce moment paraît Lorenzo, qui provoque en duel le chancelier, puis s'évanouit à la vue d'une épée **(scène 4).** La scène suivante **(scène 5)** montre une foule sortir de l'Église de Saint-Miniato. Julien Salvati apparaît sur scène. Il scandalise les belles dames de la Cour présentes à l'église et fanfaronne à propos de la promesse que lui aurait faite Louise Strozzi de coucher avec lui. La **scène 6** (dernière scène de l'Acte I) se déroule cette fois sur les bords de l'Arno, où la mère de Lorenzo, Marie Soderini, est en grande discussion avec Catherine, la tante de ce dernier. Elle s'inquiète de l'évolution de son fils, qu'elle estime lâche et cynique. Catherine prend la défense de son neveu. À cet instant, un groupe d'exilés de Florence, dont Maffio, maudissent une dernière fois la ville qu'ils quittent en raison de sa débauche.

Acte II

Le second acte commence chez les Strozzi. Philippe Strozzi regrette la corruption et la débauche qui règnent dans la ville, et la complaisance de la population vis-à-vis de ces fléaux. Ses deux fils Pierre et Thomas l'informent que leur sœur Louise a été insultée par Julien Salvati, un fidèle du Duc. Ils décident de venger leur sœur **(scène 1).** Dans la **scène 2**, Lorenzo est en compagnie du cardinal Valori et du peintre Tebaldeo. Il invite ce dernier au palais le lendemain « pour un tableau d'importance ». Ensuite, nous assistons à une discussion entre le Cardinal Cibo et la marquise de Cibo. Le cardinal pense que le pape Paul III attend de lui qu'il influence le Duc. Il tente alors de pousser la marquise à devenir l'amante d'Alexandre, afin de profiter de l'influence qu'elle pourrait avoir sur sa politique **(scène 3). La scène 4** nous fait retrouver Marie Soderini et Catherine. Paraît Lorenzo, à qui sa mère raconte son rêve de la nuit précédente, et dans lequel il avait retrouvé sa pureté d'enfant. Lorenzo est troublé. Bindo les rejoint accompagné d'un ami, et veulent savoir dans quel camp est Lorenzo : soutient-il les Médicis, les anciennes familles de Florence ? Lorenzo s'estime républicain. À cet instant, le Duc lui rend visite. Lorsque les deux hommes se retrouvent seuls, il lui avoue qu'il a séduit la marquise de Cibo et souhaite que Lorenzo soit son entremetteur auprès de Catherine, qui ne le laisse pas non plus insensible. Dans les **scènes 5 et 6,** Julien Salvati est tué par Pierre et ses compagnons. Louise repousse son frère. Pendant ce temps, Tebaldeo réalise un portrait du Duc Alexandre. Lorenzo s'empare discrètement de la cotte de mailles du Duc et la jette dans un puits. Le Duc ne peut le soupçonner d'un tel acte. Enfin, la **scène 7** met en scène la mort de Salviati qui, en pleine agonie, dénonce ses assassins auprès du duc. Alexandre lui promet vengeance et demande à ce que les coupables soient jetés en prison.

Acte III

Lorenzo s'entraîne au maniement des armes avec son maître Scoroncolo. Il fait volontairement beaucoup de bruit en prévision du jour où il se battra réellement, afin que les voisins s'habituent et ne donnent pas l'alerte **(scène 1).** Pendant ce temps, Pierre Strozzi regrette de ne pas avoir tué Salviati et prépare un complot avec ses amis contre Alexandre de Médicis **(scène 2)**. Il se rend à un banquet républicain chez les Pazzi. Ses fils sont arrêtés sur le chemin. Pierre craint leur jugement. Lorenzo survient alors et raconte à Philippe Strozzi comment il a changé depuis son enfance et de quelle manière il s'est infiltré dans l'entourage du Duc. Il doit donc bientôt le tuer, mais ne croit pas que les républicains seront capables d'en profiter pour libérer Florence. Cependant, ce sera pour lui une vengeance personnelle pour sa pureté **perdue (scène 3)**. La **scène suivante (4)** montre la mère de Lorenzo désespérée par le fait que Catherine ait accepté un rendez-vous galant avec le Duc. Elle le reçoit d'ailleurs dans la **scène 6** et essaie de le convaincre de prendre la tête des républicains et libérer Florence de la domination allemande. Alexandre ne l'écoute pas et s'en va. **La scène 7** est un dîner chez les Strozzi, dont sont absents les deux fils emprisonnés. Philippe demande aux convives de l'aider à les libérer ; Louise meurt empoisonnée par un émissaire des Salviati, ce qui provoque la colère des invités.

Acte IV

Dans cet acte, Lorenzo organise plus précisément son plan pour tuer le Duc, cherchant à l'attirer dans la chambre de Catherine **(scène 1).** La **scène 2** met en scène le retour des fils Strozzi, relaxés par le Tribunal florentin. En apprenant l'empoisonnement de leur sœur et le départ de leur père, Pierre jure qu'il se vengera. Pendant ce temps, Lorenzo donne rendez-vous à Scoroncolo en vue de son combat avec le Duc. Mais il doute : doit-il aller au bout de son projet ? Sa vengeance mérite-t-elle d'oublier à quel point le duc s'est montré généreux envers lui ? **(scène 3)**. Chez le marquis de Cibo, le cardinal menace sa belle-sœur de tout révéler à son mari. Il est furieux qu'elle ait irrité le duc avec ses discours républicains. La Marquise répond de façon sarcastique ; apparaît alors son mari, de retour de la campagne, à qui elle avoue tout **(scène 4)**. Dans les **scènes 5 et 6**, le spectateur voit Marie tomber malade et Lorenzo pleurer sur le sort de Louise et l'avenir possible de sa tante s'il encourage sa relation avec le Duc. Pendant ce temps, Pierre rejoint son père pour le convaincre de rejoindre les conspirateurs qui, avec le soutien de François 1er, veulent libérer Florence. Le vieil homme refuse. De la **scène 7 à la scène 11**, la conspiration s'accélère. Lorenzo notamment prépare son crime dans les moindres détails, bien que personne ne le croie capable d'agir. Les conspirateurs renoncent pour l'instant à marcher sur la ville. Alexandre est averti de son plan, mais refuse d'y croire. Il suit donc Lorenzo vers une chambre, croyant y trouver Catherine. Lorenzo le tue puis s'enfuit après avoir dissimulé le cadavre dans sa chambre.

Acte V

Le cadavre d'Alexandre venant d'être retrouvé, les interrogations portent sur son successeur. Le cardinal Cibo propose Côme de Médicis **(scène 1)**. Pendant ce temps **(scène 2),** Lorenzo rejoint Philippe Strozzi pour lui annoncer la nouvelle. Sa tête est mise à prix par le conseil des Huit. De la **scène 3 à la scène 6**, le roi de France apporte son soutient aux Strozzi, le marquis Cibo pardonne à sa femme et Côme est désigné comme nouveau duc de Florence. **La scène 7** montre Lorenzo pleurer la mort de sa mère et sortir dans les rues de Venise (où il s'est réfugié) malgré le danger. À peine sorti, il est assassiné par un homme et la foule jette son corps dans la lagune.

La scène finale **(scène 8)** clôture la pièce à Florence, sur la grande Place, où la foule acclame Côme de Médicis lors de sa prestation de serment. Côme promet au Cardinal Cibo de suivre ses conseils à l'avenir.

III. ANALYSE DES PRINCIPAUX PERSONNAGES

Lorenzo/Lorenzaccio

Un personnage directement inspiré de la réalité

Lorenzaccio est en fait directement inspiré d'un personnage réel, Lorenzo de Médicis. Lorenzo fait partie de l'entourage proche du Duc Alexandre dont il est le cousin, et ne doit pas être confondu avec un autre Lorenzo, Laurent « le Magnifique », homme d'État de la ville de Florence au siècle précédent. Né en 1514, le véritable Lorenzo a lui aussi plusieurs surnoms : « Lorenzino » en raison de sa petite taille, et « Lorenzaccio » pour signifier le « mauvais Laurent ». Il devient rapidement l'espion et le confident du Duc, mais cherche en réalité à l'assassiner pour parvenir à la gloire. Pour cela, il décide, comme dans la pièce, d'exploiter la faiblesse d'Alexandre pour les femmes, dont certaines font même partie de sa famille. Lorenzo habite alors dans une maison voisine du palais des Médicis. C'est à cet endroit précis qu'il organise un faux rendez-vous la nuit de l'Épiphanie de 1537, rendezvous au cours duquel il assassine le Duc avec son complice, le tueur Scoronconcolo. Après le meurtre, Lorenzo quitte rapidement la ville et se rend à Venise. Cependant, son crime n'a aucun effet politique puisque, comme Musset le met en scène par la suite, les adversaires des Médicis sont encore trop divisés pour agir. Le nouveau Duc condamne Lorenzo à mort et la sentence est exécutée onze années plus tard, puisqu'il est poignardé à Venise.

Un personnage énigmatique

Lorenzaccio est un personnage à multiples facettes, et qui à ce titre est une véritable énigme pour le spectateur comme pour les autres protagonistes. D'abord, il est en proie à une angoisse existentielle qui le fait lui-même douter de son identité. C'est aussi l'une des raisons qui le poussent à vouloir assassiner le Duc. Il a l'impression qu'au-delà de l'avenir de sa patrie, c'est sa conscience qu'il va apaiser en menant à bien son plan. Ainsi, il évoque ce crime comme « (s)es noces ». Pourtant, trop de doutes l'assaillent pour qu'il puisse se réconcilier avec lui-même en accomplissant le meurtre. L'écrivain et journaliste Claude Roy écrit à son sujet que « cet agent double de la liberté » est « rongé par le personnage qu'il simule ». Et il est vrai que, de ce point de vue, la duplicité semble être au cœur du personnage et dépasser la simple stratégie. On touche ici à l'essence de Lorenzaccio, au sens premier du terme, à savoir que ce déchirement est la base de son être.

En conséquence, la pièce permet plusieurs niveaux de perception du personnage : pour ses proches d'abord, il est Lorenzaccio, le complice d'Alexandre dans tous ses méfaits et actes de débauche. C'est donc avec mépris qu'il est considéré, d'autant plus que la majorité de la ville le considère comme lâche et enclin au blasphème. Mais parmi ses proches figure le Duc, qui l'affuble de diminutifs affectueux ou moqueurs : « Renzo » (comme sa mère, d'ailleurs), « Renzino » ou « Lorenzetta ». On peut souligner ici l'ambiguïté sexuelle du dernier surnom, qui laisse planer le doute sur la nature de sa relation avec le Duc. Ensuite, vis-à-vis de lui-même, Lorenzo est loin d'être clair, car il est constamment en proie au doute quant à ses actes et son identité. Nous en avons pour preuve les interrogations permanentes sur lui-même : « suis-je un Satan ? », « suis-je le bras de Dieu ? (Acte IV) ». Ce dédoublement aggrave son angoisse existentielle. Il a l'impression d'être un étranger à lui-même. Ses propres doutes ne dissimulent pas le fait qu'il n'a en fait aucune illusion quant à l'issue de son meurtre ; il sait qu'en tout état de cause, ni lui ni la ville ne changeront.

Tout cela ne change pas, en revanche, le style et le langage de Lorenzaccio dans la pièce : raffiné et cynique, il contraste avec le Duc.

Le Duc Alexandre de Médicis

Il apparaît d'emblée comme un personnage impatient : « *Qu'elle se fasse attendre encore un quart d'heure, et je m'en vais* ». Sa faiblesse est celle utilisée par Lorenzaccio pour mener à bien son meurtre, à savoir son attrait pour les femmes (quoi que, nous l'avons vu, sa relation avec Lorenzaccio soit plus qu'ambiguë). En plus d'être impatient, Alexandre est irascible. Mais c'est également un homme qui vit dans l'instant, toujours à la recherche de plaisirs faciles, et qui aime à être obéi dans la minute. Dans son langage comme dans son comportement, le Duc manque de finesse : ainsi, il jure comme un charretier et n'a aucun sens de la morale. Pour lui par exemple, tout s'achète ; ainsi il déclare à Maffio, pour monnayer son silence : « *Va te coucher, mon ami : nous t'enverrons demain quelques ducats* ».

Le Cardinal Cibo

Ce personnage au langage poli mais fourbe a une morale catholique plutôt douteuse. Ainsi il déclare que « *Rien n'est un péché quand on obéit à un prêtre de l'Église romaine* » et organise plusieurs intrigues. Il sert à incarner l'anticléricalisme de Musset. . Opportuniste et avide de pouvoir, il fait preuve d'une grande intelligence et de clairvoyance notamment sur Lorenzo, dont il soupçonne le double jeu : « *Si je craignais cet homme, ce ne serait pas pour votre cour, ni pour Florence, mais pour vous, duc* ».

Philippe

Il apparaît pour la première fois dans la scène 1 de l'Acte II. Il est très apprécié comme le montre le témoignage de l'orfèvre et du marchand qui déclarent à son sujet que « *Le plus brave homme de Florence, c'est Philippe Strozzi* ». C'est à lui que revient le premier monologue du drame, qui le fait apparaître comme un penseur généreux, vertueux et moraliste qui demeure un rêveur velléitaire et un habile orateur.

IV. AXES DE LECTURE DE LA PIÈCE

Lorenzaccio, un drame romantique

Lorenzaccio est un drame romantique pour plusieurs raisons. D'abord, la caractéristique essentielle du drame est la **liberté**, c'est-à-dire l'absence de règles et de contraintes sur le plan de la dramaturgie (structure de l'action, personnages) comme sur celui de la langue (variété des registres). Ensuite, le drame romantique fait appel au **recours à l'Histoire** pour rénover le théâtre.

La pièce de Musset répond bien à ces caractéristiques. D'une part, par la **diversité des langages**, que nous avons déjà soulignée en comparant le Cardinal Cibo, Lorenzo et le Duc.

Ensuite, *Lorenzaccio* montre que le dramaturge a **abandonné les unités traditionnelles** au profit de ce que Victor Hugo avait rebaptisé l'unité « d'ensemble ». Cette unité existe dans la pièce, en dépit des apparences. Au premier abord, l'action peut paraître décousue puisque les trois intrigues (romantique, politique et amoureuse) se déroulent de façon relativement autonome. Pourtant, elles sont reliées puisqu'elles convergent toutes trois vers le personnage du duc et à travers lui vers l'ensemble de la ville de Florence.

Ensuite, le drame romantique met l'accent sur une écriture qui mélange les genres et les nuances, ce que fait parfaitement la pièce de Musset. Elle passe ainsi allègrement du drame à la tragédie (par ses réflexions philosophiques et politiques), puis à la comédie à travers la mise en scène des traits satiriques des personnages. On rit par exemple de la vaine agitation des Strozzi.

Enfin, les Romantiques sont intéressés par la question de **l'individu face à l'Histoire**. Ici, Lorenzaccio apparaît bien comme un héros romantique, qui va jusqu'au bout de son destin mais reste méprisé par l'ensemble de l'humanité. Souvent, le héros romantique n'a en effet pas sa place dans la société.

Le contexte historique

L'action de la pièce se déroule en 1537 dans la ville de Florence. À cette époque, la situation politique de l'Italie est très complexe. Le pays est divisé entre une grande multiplicité de villes et d'états indépendants. Trois puissances tentent de s'approprier ce « puzzle » : Charles Quint, le Pape et François Ier (dont une lettre parvient dans l'Acte VI...). Or la place de Florence (Firenze) est très importante dans ce contexte. D'abord République au sens florentin du terme, elle tombe petit à petit sous la coupe de la puissante famille des Médicis. *Lorenzaccio* se situe pendant les deux dernières années du règne d'Alexandre de Médicis, alors que la ville est en proie à des affrontements similaires à ceux que Musset voit en France. Il y retrouve le même climat d'agitation sociale et la même déconvenue des idéaux républicains.

De plus, nous l'avons vu, de nombreux personnages sont clairement tirés de la réalité, en particulier Lorenzaccio et le Duc Alexandre.

Cependant, si la pièce est clairement marquée par tous ces éléments historiques, elle n'est pas pour autant une pièce historique. Musset laisse libre cours à son imagination et déforme parfois la chronologie des faits ; ainsi on relève certains anachronismes, par exemple dans la scène 5 de l'Acte I, quand un Bourgeois mentionne la rencontre du Pape et de César à Bologne : celle-ci a en fait eu lieu des années auparavant. En réalité, le dramaturge met surtout en scène sa réflexion sur l'Histoire, ainsi que son désenchantement vis-à-vis de l'action politique.

Dans la même collection en numérique

Les Misérables
Le messager d'Athènes
Candide
L'Etranger
Rhinocéros
Antigone
Le père Goriot
La Peste
Balzac et la petite tailleuse chinoise
Le Roi Arthur
L'Avare
Pierre et Jean
L'Homme qui a séduit le soleil
Alcools
L'Affaire Caïus
La gloire de mon père
L'Ordinatueur
Le médecin malgré lui
La rivière à l'envers - Tomek
Le Journal d'Anne Frank
Le monde perdu
Le royaume de Kensuké
Un Sac De Billes
Baby-sitter blues
Le fantôme de maître Guillemin
Trois contes
Kamo, l'agence Babel
Le Garçon en pyjama rayé
Les Contemplations

Escadrille 80

Inconnu à cette adresse

La controverse de Valladolid

Les Vilains petits canards

Une partie de campagne

Cahier d'un retour au pays natal

Dora Bruder

L'Enfant et la rivière

Moderato Cantabile

Alice au pays des merveilles

Le faucon déniché

Une vie

Chronique des Indiens Guayaki

Je voudrais que quelqu'un m'attende quelque part

La nuit de Valognes

Œdipe

Disparition Programmée

Education européenne

L'auberge rouge

L'Illiade

Le voyage de Monsieur Perrichon

Lucrèce Borgia

Paul et Virginie

Ursule Mirouët

Discours sur les fondements de l'inégalité

L'adversaire

La petite Fadette

La prochaine fois

Le blé en herbe

Le Mystère de la Chambre Jaune

Les Hauts des Hurlevent

Les perses

Mondo et autres histoires

Vingt mille lieues sous les mers

99 francs

Arria Marcella

Chante Luna

Emile, ou de l'éducation
Histoires extraordinaires
L'homme invisible
La bibliothécaire
La cicatrice
La croix des pauvres
La fille du capitaine
Le Crime de l'Orient-Express
Le Faucon malté
Le hussard sur le toit
Le Livre dont vous êtes la victime
Les cinq écus de Bretagne
No pasarán, le jeu
Quand j'avais cinq ans je m'ai tué
Si tu veux être mon amie
Tristan et Iseult
Une bouteille dans la mer de Gaza
Cent ans de solitude
Contes à l'envers
Contes et nouvelles en vers
Dalva
Jean de Florette
L'homme qui voulait être heureux
L'île mystérieuse
La Dame aux camélias
La petite sirène
La planète des singes
La Religieuse
1984 A l'Ouest rien de nouveau
Aliocha
Andromaque
Au bonheur des dames
Bel ami
Bérénice
Caligula
Cannibale
Carmen

Chronique d'une mort annoncée

Contes des frères Grimm

Cyrano de Bergerac

Des souris et des hommes

Deux ans de vacances

Dom Juan

Electre

En attendant Godot

Enfance

Eugénie Grandet

Fahrenheit 451

Fin de partie

Frankenstein

Gargantua

Germinal

Hamlet

Horace

Huis Clos

Jacques le fataliste

Jane Eyre

Knock

L'homme qui rit

La Bête humaine

La Cantatrice Chauve

La chartreuse de Parme

La cousine Bette

La Curée

La Farce de Maitre Pathelin

La ferme des animaux

La guerre de Troie n'aura pas lieu

La leçon

La Machine Infernale

La métamorphose

La mort du roi Tsongor

La nuit des temps

La nuit du renard

La Parure

La peau de chagrin

La Petite Fille de Monsieur Linh

La Photo qui tue

La Plage d'Ostende

La princesse de Clèves

La promesse de l'aube

La Vénus d'Ille

La vie devant soi

L'alchimiste

L'Amant

L'Ami retrouvé

L'appel de la forêt

L'assassin habite au 21

L'assommoir

L'attentat

L'attrape-coeurs

Le Bal

Le Barbier de Séville

Le Bourgeois Gentilhomme

Le Capitaine Fracasse

Le chat noir

Le chien des Baskerville

Le Cid

Le Colonel Chabert

Le Comte de Monte-Cristo

Le dernier jour d'un condamné

Le diable au corps

Le Grand Meaulnes

Le Grand Troupeau

Le Horla

Le jeu de l'amour et du hasard

Le Joueur d'échecs

Le Lion

Le liseur

Le malade imaginaire

Le Mariage de Figaro

Le meilleur des mondes

Le Monde comme il va

Le Parfum

Le Passeur

Le Petit Prince

Le pianiste

Le Prince

Le Roman de la momie

Le Roman de Renart

Le Rouge et le Noir

Le Soleil des Scortas

Le Tartuffe

Le vieux qui lisait des romans d'amour

L'Ecole des Femmes

L'Ecume Des Jours

Les Bonnes

Les Caprices de Marianne

Les cerfs-volants de Kaboul

Les contes de la Bécasse

Les dix petits nègres

Les femmes savantes

Les fourberies de Scapin

Les Justes

Les Lettres Persanes

Les liaisons dangereuses

Les Métamorphoses

Les Mouches

Les Trois mousquetaires

L'étrange cas du Dr Jekyll et de Mr Hyde

L'Ile Au Trésor

L'île des esclaves

L'illusion comique

L'Ingénu

L'Odyssée

L'Ombre du vent

Lorenzaccio

Madame Bovary

Manon Lescaut

Micromégas

Mon ami Frédéric

Mon bel oranger

Nana

Ne tirez pas sur l'oiseau moqueur

Notre-Dame de Paris

Oliver twist

On ne badine pas avec l'amour

Oscar et la dame rose

Pantagruel

Le Misanthrope

Perceval ou le conte du Graal

Phèdre

Ravage

Roméo et Juliette

Ruy Blas

Sa Majesté des Mouches

Si c'est un homme

Stupeur et tremblements

Supplément au voyage de Bougainville

Tanguy

Thérèse Desqueyroux

Thérèse Raquin

Ubu Roi

Un Barrage contre le Pacifique

Un long dimanche de fiançailles

Un secret

Vendredi ou la vie sauvage

Vipère au poing

Voyage au bout de la nuit

Voyage au centre de la terre

Yvain ou le Chevalier au lion

Zadig

À propos de la collection

La série FichesdeLecture.com offre des contenus éducatifs aux étudiants et aux professeurs tels que : des résumés, des analyses littéraires, des questionnaires et des commentaires sur la littérature moderne et classique. Nos documents sont prévus comme des compléments à la lecture des oeuvres originales et aide les étudiants à comprendre la littérature.

Fondé en 2001, notre site FichesdeLectures.com s'est développé très rapidement et propose désormais plus de 2500 documents directement téléchargeables en ligne, devenant ainsi le premier site d'analyses littéraires en ligne de langue française.

FichesdeLecture est partenaire du Ministère de l'Education du Luxembourg depuis 2009.

Plus d'informations sur www.fichesdelecture.com

Notes :